詩集

アンとポン
タンはいないけど
コメはいる

足達 光夫

Adachi Mitsuo

風詠社

☆

再び
このつぶやきを
ゆっくりと　ゆったりと
ご賞味下さい
♡光夫ワールドにようこそ♡

目次

巻頭詩

花をみて
うれしめば
おごらず
いらだたず

わがあいするもの
やがてきぬ
われもまた
じざいなり

八木重吉

詩集　アンとポン　タンはいないけど　コメはいる

○

ぽつぽつと
　線香花火のつぶやきが
膨れて　ふくれて
　光を放ち
コンクリートに落ちる
　これで終わるだろう・・・
　あなたは想う？
どっこいそこから
　次の大花火に引火して
　　又　そこから
しぶといね　僕のつぶやき
しぶといね　俺のこころは

○

遊びごころ
　いいのだ
遊ぶ心
　いいんじゃない
世に問うた所で　跳ね返るのは必定
　それでも　水鉄砲で
　　世に問う
何を思うか
　これからのお楽しみ

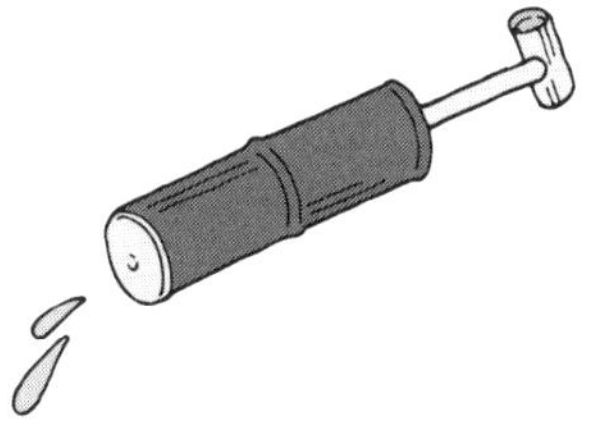

○

どどどーんと
元気じゃ　元気じゃ
　俺の心は　無重力
いくつの柵も乗り越えて
羊の群れにも乗っかって
いくぞ　おいらの生きる道
　ポクポクと竹馬だ
　すいすいすいと平泳ぎ

○

乗っかって　乗っかって
　世界のカバンに乗っかって
いいぞ　いいぞ　どこまでも
　銀河鉄道　もう後だ
行けるとこまで　いききれば
　僕の心は玉しずく
ばんざーい！
　チョコンとお礼

○

煽てられ　おだてられ
　すーっと
踏み板　外されて
　ストーン
地獄の油の中で
　僕は　一つの魁を見る
・・・転身の魁

○

がつがつと
　秋を喰らう
たわわに実った　富有柿を
　ガツンととって　胃に入れる
旬を喰らう
　僕は秋人間

○

衝撃発表
　衝撃告発
貴方の口から
　そんなこと
でも
　でも
時はある
　時はすぎ
いつか
　いつか
心の口を吹っ飛ばせ

○

秋色の夕景
　何で　こんなに穏やかで
　　愛おしいのか
貴方も　この光景を知っている？
　秋の夕暮
全ての人生の結末を
　ここに留めます

○

柿　柿

　　この形

　　この容

なんと表現したらいいのか・・・

フワリと風に揺らぐ

　決して落ちない

葉もないのに　君は落ちない

　僕と我慢くらべ

いち　にー　さん

　ひたすら　秋をもらう

○

ちょっとでも
貴方の心に留めたい
どんなことが押し寄せようと
手を握り
　ずーっと　ずーっと
一緒に　一　二　三
後は滝壺まで
　飛んでいける・・・

○

行こう　いこう
　俺のもっている全てを
　　貴方に捧げる
一緒に足を組んで
（腕じゃなく）
飛んで　飛んで
　宙を飛んで
行こう　いこう　あの世の果てまで
　あの世を超えて　異次元の世界まで

○

止まらない　止まらない
　柿君への表現がとまらない
俺の絶対果実・・・柿様
　そこにいて　あそこにいて
とれば泥棒
　それでもとって　又喰らう
柿殿の行先を
　僕は
　唯　見つめるだけ

○

秋のハナミズキ
　その赤い実を君は知ってる？
心ない言われを
　凛として微笑む
陽光に輝き
　・・・私はひれ伏す
貴方の香りを
　・・・僕は嗅ぐ

○

自然と心のマッチング
　僕は　それが大事
　　それが大事と
声の限りに叫ぶ
いつでもいい
いつでもいい
大地の心を
僕は　ひたひたと
　受け止める

○

きれがない
　きれがない
僕のつぶやき
　今　きれがない
だから
　問うて　問うて
　　僕の原点へ
・・・つぶやきは　心のマグマ
　ぽつんと
　　貴方の心の底に　　落ち着く

○

ポン凹リン
　ポンポコリン
お腹を叩いて　ポン　ポン　ポン
リズムに合わせて
　君も踊ろう
明日でもいいから
　明後日でもいいから
ひたすら　生き様を見せる
ポンポコフェスタ
　狸も狐も大人材
ドカーンと　穴が開く
　ウィン　ウィン

○

分かってたまるか
　分かってたまるか
僕のつぶやきの源泉を
　シークレット
　この発生を貴方が知ったら・・・
　　　それは　広瀬すず
恋焦がれ　恋焦がれ
　スキップ　スキップ
一生懸命　捻る

○

できればいい
　できればいい
この白紙に
　ペンがコロコロと走る
想いつくまま　思いつくまま
　心が先か
　ペンが先か
どちらも所詮
　つぶやき範疇

○

面白い詩を書きたい
無様なつぶやきを生みたい
　祈念して
　祈念して
君はプフォーと
　笑いの種を吐き出した
わたしは
　それを
　　飲み込んで　平然

○

着々と
　着々と
芸人の受けを狙って
　捻り出す
鶴瓶なんかに
　負けないぞ
生き様を　互いに見せよう
　服を脱いで
　腹を突き合わせて
人生応援歌

○

奇想天外
　奇想天外
サーカスの
　ブランコキャッチャー
飛んで　掴んで
　足がじわじわ
　息がきゅうきゅう
一緒にオーバーヒートして
　天幕の外にバイバイ

○

我が家猫
アンとポン
タンはいないけど
コメはいる
俺　猫の鳴き声　大嫌い
僕　猫の爪　おーりゃ　ダメ！
　でも　でも
妻の
アーン　ポーン　コメー
と　呼ぶ声
　大　大　大好き
みーんな　愛してるよ

○

疲れました
つくづく　自分を探るのは
あとは　自由気まま・・・
全てを取っ払って
ひたすら　自分の喜びを
自分の楽しみを
追求する
ついきゅうする
握手　あくしゅ

○

1、2、3、4
　イチ　Ⅱー　さん　シー
歩け　歩け
　小石に蹴躓いても
　ひたすら歩く
僕の隣に君もいる
　肩を並べ　一生懸命
落とし穴でも
　ずーっと一緒

○

ネコ　ネコ　ネコ　ネコ
ネコ　ネコ　ネコ
ネコ　ネコ　コネ　ネコ
ネコ　ネコ　ネコ　コネ
僕の詩の死滅だ
つぶやきのビッグバン
ネコ＝死
猫＝生
頑張って　乗り越えて
明日は又　きっと来る

○

止まらない
　止まらない
両手を広げて　ストップしても
　僕は体当たり
こぼれたつぶやきが
　自分を乗りこえ
　全てを超えて
永遠の時空に
　・・・導く

○

アンちゃーん
ポンちゃーん
コメちゃーん
　妻の声が聞こえる
　その愛情たっぷりな声を・・・
・・・僕にも
大丈夫　大丈夫　　結婚44年
　僕もたっぷり
　降り注いでいただきました
　　これからも　よろしく

○

時は放たれ
　時は放たれ
自由な世界を
　両手拡げて・・・飛行
管制官の中止命令も
　君と僕の両翼で
いくぞ
　過去と未来へ

○

あさの空をみあげて・・・と
　口ずさんでいたら
突然・・・夜が来た
　帳《とばり》から星屑が
　　頭にぽつり
ばかやろうと叫んだら
又　朝が来た

○

この道と決めて
　50年
19の春
　立看を殴りつけ
　ヘルメットを脇に抱え
そして・・・新たな出発
ずん　ずん　ここまで
　進んだ・・・らしい
でも　振り返りはしない
　　　　　69の春

○

とんだ　どんでん返し
　とんだ　どんでん返し
僕のつぶやきを
　言葉の羅列を
貴方は
　くすっと笑う
すると　すると
　どどっと
息を吹き返し
　貴方に・・・
つぶやき大噴射

○

はっけよーい
　のこった　のこった
僕のつぶやきの
　怒涛の寄りに
あなたは　さっとかわす
僕は　とんとんとんと
　桟敷席へ
勝ち名乗りの君を
　僕は仰ぎ
　柄杓の水を飲むだけ
そして
土俵に　又　ジャンプ
　僕はつぶやき山だ

○

ラッシュ　ラッシュ　ラッシュ
あんた　そんなに
　急ぐなよ
平成から　令和へ
　時代を超え
今　いえる
あんた　そんなに　急ぐなよ
歩いて　歩いて
行きつく先まで
　僕とあるく　歩く
　　写真！

○

言いたい放題
　言いたい放題
あんた　何　言ってんの
顔に唾つけられようと
　僕は言う
大丈夫　大丈夫
　貴方の意見を受け止める
人生　一回でも
　人生　何回でも

○

ノンストップ　ノンストップ
　僕のつぶやき一直線
右フック
左フック
　スェーして
　右のクロスカウンター
勝利して
　右手は凱歌のガッツポーズ
　左手は
あなたの心と
　握手
カン　カン　カン

○

訳あり　訳あり
　大丈夫
いろんな　認識　受け付けます
一緒に
　家庭裁判所へ
どんな判決も
　いろんな評決も
僕と私は
　胸張って
　よけます

○

Kさん
　Kさん
そんなに
　しゃちこばらなくて
　いいですよ
貴方様の心は
　万人共有
温かな
　そして　熱い瞳に
僕らは
　とても　とても
　　感謝です

○

梟　ふくろう　フクロウ
　北の大地
リンゴ農家を守る
　お主らは
唯　ネズミを食いたい・・・
しかし　それが
そこに生き抜く人の
　　　　　救世主
人間と自然
鳥と大地
　いいではないか
たまにはこんな　つぶやきも

○

妻に言う
僕は猫が好きじゃない
・・・・・・・・・
でも　嫌いじゃない
・・・・・・・・・・
でも　でも　存在は否定しない
・・・・・・・・・・
うーん　うーん
・・・・・・・・・
好きです　好きだ
・・・・・・・・・
近寄ってきて　ゴロゴロ
猫足が僕の心にのりかかる

○

問いただす
　問いただす
お前の人生　70年
　何だかんだの否定論
いいよ　いいよ
　それでも　何とか肯定論
せめぎ合い　せめぎ合い
　必死に結果を求め合う
俺は
　僕は
限られた未来を
　チョコンと生きていく

○

ほとばしる
　僕の問いかけ
君は答えられるか？
鋭利なナイフが
　君の心を突く
血がホトバシリ
　後ずさりしながら
君は言う・・・
心を共有してくれと
明日に向かって
　ナイフを向ける

○

冬の向日葵
　雪に
　　花弁ひとつ
真っ盛りの真夏を想い
じーっと
じーっと
見つめる
僕も　心を寄り添い
　オレンジの炎を燃やす
共存共栄
・・・平和を想う

○

言いたい
　言いたい
過去　現在　未来
君の原点は何処　？　？　？
私は　わたしは
　原点　原点
今が大事
　未来も大事
でも
　振り返ってごらん
過去がどんどん押し寄せる
今は
　過去の産物

行くぞ　未来へ

○

愛おしい
　愛おしい
　僕のつぶやき　愛おしい
蹴飛ばしても
　切り裂いても
　俺の体にしがみつく
この画面に乗せることを
　俺は拒否
でも　でも
　じわじわと　じわじわと
僕の紙上に
　言葉があぶり出る

○

かっこいい
　カッコイイ
ポニーテールの髪を
　上下に振りかざして
　君は走る
ブルーウェアの貴方を
　僕も追いかけて
　・・・行きたい
所詮　無理
　時空を超えて
　封鎖の柵に止められて
　　　　　・・・夢想

○

今　再び
　Ｆさん
自分の事を
　知っている人が
一人　いるだけで
こうも
　こうも
豊かになれることを
　貴方も知っているはずです

○

鮮烈に
　鮮烈に
ほとばしれば・・・いいな
つぶやきの後
　心の共感
誰ひとり　いなくても
貴方と
　あなたの過去が
　　鋭く共振
そして
　あなたの未来に
僕はハグします

○

こんなに
　こんなに
拙いつぶやきを
　詩もどきを
一人　待っている
ズキーン
　心臓一発
僕のピストルが
　火を噴く
血潮を分け合って
　貴方と・・・進む

○

何が言いたい
　何が言いたい
ささやきあれば
　ありがたい
どんな　冷酷な　固まりも
コロナ石油ファンヒーターで
三菱ガスファンヒーターで
　溶かしてみせるぞ
決意一発
あらゆる中傷も
　僕は莞爾と受け止める
　　君がいるから

○

わっしょい
　わっしょい
つぶやき神輿の
　お通りだ〜〜い
そこのけ　そこのけ
　批判も冷笑も
全て受け止め
　ええじゃないか
　ええじゃないか
そ〜ら　空《そら》　宙《そら》
　お祭りだ〜〜

——Sさんに捧ぐ

○

進化して
　深化して
もっと　平らかに
そして
　あらゆるものを受け止めたい
自分は　小さくても
　何でも共有できる
　塊《かたま》りに
僕は　ぼくは
　又　問うことができます

○

賞賛されても
　批判されても
　　僕は変わらない・・・
貴方の不変を
　信じて　信じる
扉を開き
　全てを開放して
　じっと　待つ
貴方の全てを
　じっと　待つ
　じっと　待つ

○

生きていればこそ
　生きていればこそ
どうしても
　心を閉ざす
僕の瞳を見て下さい
　曇っているかもしれない
　よそみしてるかもしれない
でも　でも
　僕のこころは
　貴方を真正面に
　見つめています
どうか　どうか
・・・信じて下さい

○

Iさん
貴方の創《つく》りのかたまりが
僕のつぶやきの再起動
大事な　大事な
贈り物
だから　言う
僕も貴方も
殻を破って
大阪　グリコ　道頓堀
両手を拡げて　ゴール

あとがき

最後まで読んで頂きありがとうございます。

さて

アン　足達家　猫次女　5歳　黒　倉庫で拾われる

ポン　足達家　猫長男　8歳　黒　義妹から貰われてくる

コメ　足達家　猫長女　10歳　黒白　米屋から貰ってくる

となります。

我が家の子供達、孫達の事を紹介せず、何で猫ちゃんの事と自分でも思いますが、今回の詩集は（♂♀いるが）彼女らが主役です。でも、いまだに私はアンとポンが区別できません。とにかく似ているのです。皆さん一度我が家のお猫様を見に来て下さい。

又、第5集でお会いしましょう。

尚、この詩集は、書店、アマゾン等のインターネット書店で購入もできます。
最後に色々アドバイスをいただきました、風詠社の大杉様には感謝にたえません。
皆様のご多幸を祈らせていただきます。

足達　光夫（あだち　みつお）

1949年千葉県柏市生まれ　東葛飾高校、新潟大学工学部卒
現（有）足達商店　（有）アダチ住設・販売　代表
詩集：『ある流れの中で』『心に残る人々へ』
　　　『僕と俺とのつぶやきキャッチボール』（風詠社刊）

住所　〒277-0033 柏市増尾 6-26-27
E-mail：adati@ec5.technowave.ne.jp

御感想をお聞かせ下さい。

詩集 アンとポン タンはいないけど コメはいる

2019年8月23日　第1刷発行

著　者　足達光夫
発行人　大杉　剛
発行所　株式会社 風詠社
〒553-0001 大阪市福島区海老江 5-2-2
大拓ビル 5 - 7 階
TEL 06（6136）8657　http://fueisha.com/
発売元　株式会社 星雲社
〒112-0005 東京都文京区水道 1-3-30
TEL 03（3868）3275
装幀　2 DAY
印刷・製本　シナノ印刷株式会社

ISBN978-4-434-26471-9 C0092